十万光年の詩《うた》

詩　和合亮一
写真　佐々木隆

佼成出版社

星を書く

詩は一個の星そのものである。

和合亮一

星を撮る

十万光年の銀河に生かされている。

佐々木隆

新年

言葉にできないことがある
星が降っている夜の空に
雪が降っている夜更けに
優しく黙っている家明かりに

言葉にしたいことがある
星の明かりをたよりに
雪の明かりを手探りして
家の明かりを心に灯して

富山県・五箇山

さっきまでたった一人で雪原に立っていたこと
かつてたった一つでこの世に生まれたこと
わたしは毅然と一個の星でありつづけたいこと
しかしたった一人では生きてはいけないこと

言葉にしなくてもいいことがある
眠れない星たちのささやきに
風が休もうとする夜空に
ふと　ぬくもる宇宙に

星と一日

はるか　雪の降る丘に　はっきりと
ひとつの樹氷が立っています
あなたの生き方そのものです
冷たい風に吹かれても　うつむかず

どこまでも白い世界を
真っ白な炎で　燃やしています
それは　目を見張るようだ
厳冬と対決する　あなたの意志だ

秋田県・森吉山

その隣の木はわたしです
白銀の言葉であなたをなだめます
そして　あなたの内なる木の幹に
寄り添いたいのです　いつまでも

ふたつの木は　雪氷の肉をまとい
星空を背負い　時を骨に宿します
微《ほほ》笑《え》んでいるかのようです
厳しくて　優しい　真冬の一日に

約束

あの日から

帰る家を探している
ただいま　戸を開ければ　おかえり
いつくしみの声が返ってきた　ひとときを
静かに　祈りつづけている　この日に

帰る町を探している　青空に　大きな雲　鳥の影
昔ながらの家並みや　路地があった　あの日から

岩手県大槌町

やがて　何もない　更地になってしまった
その後を　懸命に暮らしている　このふるさとで

きみを探している　決してあきらめない人だった
確かなまなざしで　見つめ返してくれる友だった
ぼくは　いつもその後姿を追いかけて　生きてきた
あの日　水平線の向こうへと消えてしまった

相変わらず　意気地なしの　ぼくなんだ　灯火などない
こころの暗がりのなかを　手探りして　迷ってばかり
夜更けに　彼と同じ目をしている　あの星を見つけた
約束する　ぼくは　探しつづける　強くなる　この手を振る

丘で

あの日の　明星は　さがしている
あの日の　静かな野道を
はるかな丘を　あどけない友の姿を
夕空を眺めに　二人　駆けていった足跡《あしあと》を

あの日の　明星は　照らしている
あの日の　夕暮れの広がりを
小枝のような　少年たちの腕に
肩に　太く　満ちていった　宇宙の昨日を

陽が落ちて　無数のつぼみたち
一日の終わりに　いっせいに
力を込めて　膨らもうとしている
僕も　彼も　枝の先へと　眼と息を凝らして

桜が　咲こうとしている

木の下の　小さな祠《ほこら》の屋根が光ろうとしている
星がもっと集まり出している　夜が始まる
まだ開かない　今日は　そろそろあきらめようか
明日の約束をして

シンフォニーへ

春の田んぼの夢が季節の訪れを告げようとして
出来上がったばかりの牧歌《ぼっか》を口ずさもうとして
雲の間から光の子どもたちを走らせようとして
夜明けに黙りつづけていた水をたたえようとして

春の田んぼは宇宙と終わらない話をしようとして
昨日は小海老《ざりがに》だった鳥のさえずりを集めようとして
明日の青空がぬかるみにもう顔を出していて
親蛙《おやがえる》は水から陸地へと背中に星を乗せてあがろうとして

無数の卵たちは今日も朝を知っていて
いよいよ木になろう風になろう花になろうとして
その優しいゼリーのなかで踊り出していて
まだ　早いんじゃないのか　もう　いよいよだよ

黒い音符たちはそれぞれの光る棚田で踊り出している
水は朝焼けに小川は銀河にあぜ道はドジョウになろうとして
混ざり合う大地は階段のようになって山すそまで続いていて
段々と空まで飲み込んでいく交響の朝だ

兵庫県養父市

大《おお》度《ど》

ウミガメは夜更けに星を産む
目の前の暗い海を照らし出そうとして
迷っている私たちの季節を導こうとして
たったいま砂の中に光を落とす

彼女は全身の力をこめて一つ一つに
卵の殻《から》を破り太く生き延びよという祈りを託す
波は絶えることなく押し寄せては返している
水際で静かな歳月を濡らしたり乾かしたりしている

誰でも生きることに　手足をばたばたとさせ
大きな甲羅《こうら》を背中へと乗せて
この大度の浜辺にたどり着き
卵を生み落とそうとしているのかもしれない

見よ　水平線だけが変わらずに大空に横たわるのを
そうして夜明けに燃える星が
そこから顔を出す前に見あげよう
満天の宇宙の卵殻《らんかく》をやがてはたたく新しい影を

母

その後
泳ぐ

沖縄県糸満市

夜も川が流れている

夜にもまた

川が変わらずに流れていることを
不意に確かめたくなる
人のいない暗黒の森へと
分け入っていくとき　しだいに

鋭くなる静寂へと導かれて
孤独のなかでせせらぎに耳を澄ますとき

命そのものが美しく洗われている気がする
心もとない懐中の灯りで道なき道を踏みながら

冒険をしてみたくなる癖がある
いつも一つのところに留まれない人生がある
漂泊へと憧れる心の底には清流がある
獣の足音と蛙の鳴き声は夜行の友である

やがてたどり着く　頭上に星雲
深《しん》閑《かん》の地に　不眠の水しぶき
かなたの空に　光る鎖

深刻な夜に消える　蛍が二匹
わたしは急ぎ
カメラのシャッターを切る
この情熱は
闇夜の火となる

奈良県天川村

SASAKI GINGAYOKU

ひとときに

ここに　座り
星降る夜も
雨と風の強い朝も
想いつづけます

たくさんの方々が
祈りをささげてくれて
だから　永遠なる宇宙に
腰掛けるようにして

願いつづけます

この街で暮らす
人々の目覚めを

時には
星の姿の見えない
深い暗がりに座して
見つめます　それでも
空を矢のように過ぎていく
歳月というわずかな光を
変わらない

静かな夜更けに
腰を下ろして
やがて

さえずる鳥に
そよぐ木の葉に
広がる雲のゆくえに
湧《わ》きあがる心に
朝があります
ひとときの
静けさを
育てていきたい

長崎県長崎市

火《ほ》影《かげ》

わたしの心のどこかで
火があがっています
それは　わたしにも　あなたにも
分からない　はるかな先で

まだ　生まれたばかりの炎です
ある日　大きな星空の下にて
連なる山の影に　ふもとで湧きあがった
命の泣き声です　ほとばしる激しさです

闇を震わせる　大いなる火の柱です
誰も知らない　光の木です
想像を絶するエネルギー　しかし
静かなマグマです　あなたに知ってほしい

夜更けの火の影
安らかな眠りへの祈り
誰かを深く愛したい
一筋の想い

わたしの胸の奥のどこで

それがあがっているのか
あなたに　いつか
たずねて欲しいのです

浮かぶ雲に

こぶしを握りしめたいときがある
誰かと手をつながなくては
涙が止まらないときが
それでも
歩き出さなくてはいけないと
心に決めるときが

そして　ふと
一人で足を踏み出すのだろう

道の途中で
たまらなく寂しい人影に気づく
ああこれは自分なのだと
あなたは思うだろう

共に行きたい
少しずつ話をしよう
いま心に浮かぶことからでいい
想いが口に出来ないのなら
黙って　私の喋りに
耳を傾けていればいい
心に浮かぶ雲を

追いかけるように

風が吹くと
木のイメージが
その緑の枝と葉が揺れる
こもれびが気持ちの中を
静かに染めていく
その場所で語ろう
言葉と沈黙の間を
お互いの声で
渡っていきながら

予感

わたしたちは　夜明け前に
雲になり　星になり
鳥になり　花になり
森になり　小川になり
ほの暗いあぜ道を行く
誰かの口笛になり
台所で洗われている
米の粒の一つ一つになり

そうして光が草を撫でる前に
わたしたちは
わたしたちに戻るのです
目が覚めるのです

真昼間に
木を見上げることでしょう
わたしたちであることの
目印である　大いなる影

明日の朝も
眠ること

島根県奥出雲町

夢を見ることに
没頭する予感がして

雪渡り

真夜中を
真っすぐにすすむ
足跡がある
点々と

野原の風は
誰でもなく
わたしに
吹きつけて

北海道中標津町

冬の雲は
夜も朝もなく
わたしを
追いかけて

足音が
聞こえた
そんな気がして
振り向いて

ただ茫《ぼう》漠《ばく》とした

宇宙があるだけだ
ああ
こんなにも

広くて
大きかったのだ
わたしの
さびしさは

心の雪原を
渡っていこう
いつくしみに

たどりつくまで

夏の朝に

鳥の声に
ふと目覚めて
少年は
眠りに
また
落ちる
母に
名を

呼ばれた
気がして
言葉を
覚えたばかりの
子どものように
返事をして
ああ
僕は
この世界に
生きている
涙が
追いこして

いったよ
母さん
また
眠る
少しだけ
寝返りをする

さえずりに
誘われて

山口県・秋吉台

白い鳥

あなたは
あなたを眠らせ
わたしは
わたしを眠らせ

見つめています
それぞれの翼を

あなたは

わたしは
同じことを喜び
そして涙して
同じく
昼間を呼吸して

目を閉じて
たったいま
白い雲を渡っていく
鳥の群れの
空の行方を
一緒に

飛んでいます

じつは
あなた　わたし
どちらかが
二人とも
並んで
白い鳥になった
夢を見ているさなか

あなた
わたし

声が満ちる
おやすみなさい

対話

あなたが
もたらす
言葉が
種子になり
芽を出して
葉を広げて
やがて
そっと
木に

和歌山県南部町

花を咲かせる
わたしは
秘密を守るようにして
耳を澄ませて
野原に探してみる
わたしたちの心には
いつも遠い星の
横顔があります
黙っていると
沈黙は深くなる
だから
ささやきはじめる

わたしたちの
おしゃべりには
終わりがない
この世界から
風の音が
ひとつも
止《や》まないことと
同じように

星の明かりに

星のかがやきに
涙を拭いて
わたしと
いっしょに
言葉の明かりを
探しませんか

わたしは
あなたの悲しみを

そのすべてを
知ることは出来なくて
でも
想うこと
祈ることはできる

夜空よ
お願いします
どうか
休ませてあげてください
鳥たちは疲れ切って
羽根も眠りたいのです

止まり木が必要なのです
あの日の
風にも
波にも
倒されなかった
海辺の
一本の木があります

冷たい
風に
優しくささやいてほしい

その木を揺すぶってはいけない　と

どうか
鳥たちの眠りを
守ってください
北の星たちよ

宇宙の
かがやきに
涙を拭いて

わたしと
いっしょに
言葉の明かりを
探しませんか

まだ

まだ
交わしていない
言葉を
まだ
しまっている
手のひらを
まだ
声にならない
気持ちを

ふと
もれる
つぶやきは
はるかな
雲の間で
鳥になって
風に吹かれて
小さな影は
雲と光に
ゆっくりと
吸われて

どんな時にも
想ってくれる
人がいる
「まだ」
そのとなりで
少しだけ
羽ばたき
が見えた
気がした
このとき

やっと言える
「ありがとう」

散歩

夜空を
じっと見つめていると
しずかに明日が
分かる気がする
やがて刻々と
雲と星が
形を変えていく
未来とは
ああいう姿だと

思うことがある
とても
大きな発見を
した気がして
いつまでも
眼が
すいこまれて
さて
そろそろ
眠ることにしよう
夜が明けて
すぐに

朝の光を
てのひらにのせて
ここで暮らした
人々の足あとに
一つ　二つ
追われて
追いかけて
丘まで
行ってみたい
一日はその先に
あるから

友だち

ある日
命を語るには
言葉が
足りなくて
だけど
言わずにはいられなくて
でも
あらためて
話すには

兵庫県・ハチ北高原

どこから始めたら
良いのか
分からなくて
それで
まず
きみは
友だちと
おしゃべりを
始めるのだ
今日が
どんなに
暑い日

だったのかを

ある日
友だちは
どんな
友だちが
本当の
友だちなのか
分かる
それは
友だちだから
分かる

ことなのさ

小さな星に

小さな星を
許したままで
いたいなら
このまま
強い風に
吹かれるしかない

それでも朝に
少しでもぬくもりの

陽射しが欲しいなら
そして
わずかな光に
ささやくしかない

星よ
どうか優しく
その高みで
歌っておくれ

星
その次に

遅れて
光が
その次に
しずくが
その次に
愛が
その次に
闇が
宇宙が
そこに
涙の
その星が

風

夜半には
過ぎて
わたしの
心のなかを
静かに吹いて
いま

しだいに
強くなって

窓を叩いて
浅い眠りで
ごまかしては
いけない

と

息を潜《ひそ》めるようにして
玄関の先まで
秋桜《コスモス》の野原が
やってきていた
花が揺れて

やさしい葉裏
どうか

昨日の

風を返して

土を返して

歳月が
夜空の向こうで
ささやく

大分県竹田市

秋が急ぐ

旅立ち

さようなら
私の昨日よ
私の息よ
私の髪よ

さようなら
私の影よ
私のささやきよ
私の足あとよ

さようなら
空の向こうへ
山のかなたに
消えていく私よ

輝く星たちの
なんという
新鮮な旅立ち
なのだろう

もう少しだけ

行かないでおくれ
夜明けの雲へと
紛れないでおくれ

さようなら
私の一日よ
私の季節よ
愛しい人生よ

配達

ふるさとは
いつも
見えない何かを
配達してくれる
それを受け取ると
両手が
いっぱいになる

風が

山梨県甲州市

雲が
月が
鳥が
紅葉が
ススキが
秋が
そして
星が
夜空が
柿が
冬が
雪が

やってくる
遠くの街で
暮らす
彼にも
届けてほしい
のせてほしい
手のひらに
新しい
干し柿を

つぼみ

さびしさ
に出会うと
きみは
かならず
声を
おさえて
やさしい
言葉を
つぶやく

その声に
耳をすませて
その声に
息をととのえて
その声に
しずかに泣いて
その声に
歌をこめて
やがて
光と雲を
追いかけて
わたしも

見あげたい
青い鳥を
わたしも
ささやきたい

木のさき
しずかな風に
ていねいに
洗われて
やがて
沈黙して
分かりあう

つぼみの
わたしたち
いよいよ
開きあう
めぐる星の
明るさが
春を呼ぶ

岩手県雫石町

あなたは

あなたは
いつも
明るく
笑っています
だから
私は
救われる
あなたの
笑顔が

どんなに
みんなを
励ましているか
知っていますか

知っていますよ
その後に
ふっと見せる
さびしさを
涙を
だから
世界を

いつも
親しいものに
してくれる
あなたの笑みを
見ています
ああ
かけがえのない
朝に

オーストラリア・リードリバー付近

こもれび

あなたのさびしさは
あなたの眼の奥にある
あなたのさびしさは
あの空のかなたにある

あなたの孤独
この星の孤独

あなたは

とても
無理をして
明るく
振る舞っている
だから
ときどき
疲れてしまう

木の下で
葉が
揺れているのに
耳をすませたことが

長野県・大峰高原

あるかい
こもれびを
見つめたことが
あるかい

ささやき

きみの夢を
きみは知りたい

きみの涙を
きみは流したい

きみの望みを
きみは知りたい

徳島県阿南市

きみの怒りを
きみは受けとめたい

きみの幸福を
きみは知りたい

きみの道を
きみはたずねたい

きみがきみを
追いかけるとき

わたしはわたしを
追いかけている

きみがきみを
追いこすとき

わたしはわたしを
追いこしている

きみとわたしの心は
吹かれています

ほんとうは
それは
風ではないのです
雲からのささやき

ともに

あなたの涙が
わたしに
教えてくれたこと
人は弱い
人は悲しい
人は切ない
だけど
ぬくもりがある
人は人を想う

人は人を愛する
人は人に涙する
あなたも
わたしも
さびしい
だけど
あなたも
わたしも
共に
生きている
だから
人は手を握る

人は強い
そのような
孤独がある
そのような
微笑みがある

ノック

夜更けの家明かり
四階建ての
アパートのベランダで
星を眺めている人
それは私です
誰もいない通りを
息を切らせて
走っている人
それも私です

携帯電話を耳に
涙ぐんでいる人
それも私です
電気を消した人
それも私です
通り過ぎる
車両の窓から
それぞれの影を
ずっと眺めている
私です

たったいま

わたしの名が
親しく呼ばれた気がしました
そして
わたしは
知らないミドルネームを
優しくささやいています
はるかかなた
一本の列車の
通り過ぎる
音がしました

わたしの名は

長崎県新上五島町

「孤独」

私
わたし
同じ名前です
ノックします
とんとん
宇宙

ハミング

誰かの
大きな声に耳を奪われて
忘れてしまっては
ならない
小さな声を

気づいていますか
新しい一日は
ささやきから

カナダ・カークロス付近

はじまる
窓を開いて

耳をすませば
それは
風の息に
鳥のさえずりに
愛しい人の
つぶやきに
公園の
子どもたちの足音に

飛行機雲に

ふと
聞こえてくる
メロディに

深呼吸に
なる

口ずさんで
みるといい
かすかなハミングを

分かち合える
仲間と

ランドセル

ぼくが生まれる前に
大きな地震があった
山や海や町が揺れた
父さんから聞きました

津波がやってきた
お腹《なか》を撫《な》でるようにして
そのなかにいたぼくを守った
母さんから聞きました

たくさんの人が
鳥になって　風になって
水平線の向こうへと
行ってしまった

早く高台のほうへ
そう言って助けてくれた彼は
波に巻き込まれてしまった
父さんが時折に話します
体の中が熱くなります

その年の夏にぼくは生まれた

母さんはいつも
教えてくれます
初めてぼくを抱いたとき
そっと風が吹いてきた
そんな気がした

そしてこの町へと
引っ越した
本当の家は
富岡町にある

父さんから聞きました

この四月に
小学生になります
ふと
はるか
しずかな鳥の影

あなたのことを
見つけます
何が見えますか
一番星ですか

宮城県気仙沼市

涙ですか

命ですか
明日ですか
はじめて
学校へ行った日のこと
覚えていますか

ぼくには
夢があります
知って下さい
いつか

赤い雲の先で

新しいランドセルを
背負ったばかりの
いまはまだ小さい
ぼくのことを
ほんのひとあしを

きっと

やがて
いくつもの春

光を背中に
ずっと駆けていく
まっすぐな道を
夕焼けを

新しい世界

ああ
氷の世界に
わたしの影が
棲《す》んでいる

わたしは沈黙
そのものです
音も　声も
何もない

ためらいも
ふくみ笑いも
怒りも
貧しさも
ただ闇の先しかない
わたしは
わたしの影です

まもなく
新しい
雪が降り
ああ静かだ

いまは何もない
これから
さらに無言が
やって来る

ああ　それならば
わたしの影よ
わたしは
夜を駆《か》けて
言葉になろう
光になろう

山梨県・山中湖

孤独

生きる
生きる
僕らは
生きる
孤独だからこそ
手を握り
分かりあって
許し合って
生きる

生きる
僕らは
生きる
孤独だからこそ
僕らは
生きる
何のために
内なる
孤独に
勝つために
ならば
孤独に

熊本県熊本市

勝つには
どうすれば
いいのか
孤独を
分かち合うのだ

飛行機雲

空を見あげて
ふと
聞こえてくる
歌がある
誰
そのしらべに
合わせて
みるといい
それは

もう一人の
あなた
耳をすませば
それは
風の音に
鳥の声に
愛しい人の
ささやきに
公園の
楽しそうな
子どもたちの
声になる

世界は
やさしい
あなたの息に
あふれている
わたしも
口ずさみたい
飛行機雲に

まなざし

あなたの
まなざしを
おいかけていくと
かならず
わたしに
たどりつく
そこにいる
わたしは
いつもと

山形県大江町

おなじわたし
すこし
ちがうわたし
おなじこと
ちがうこと
そのりょうほうを
おしえられて
どきどきする
あなたの
ふたつの
すずしい
まなざしに

夜更けに

夜のあいだに雲は動いている
足早に過ぎるセロニアス・モンクのピアノの音色がある
誰もいない部屋に明かりが点いた

昨日の夜空と
今日とは違う気がする
星が交代したのだ

言葉が降っていることがある

人知れずにこっそりと
どこか微笑むようにして

上手く語りつくせないことに
僕たちはまぎれるようにして暮らしている
ああ

どこかでまた

明かりが点いた
夜更けの街
灯の群れ

四階建てのアパートのベランダで
星を眺めている人
誰もいない通りを
息を切らせて走っている人
携帯電話を耳に押しあてて
涙ぐんでいる人

部屋の電気を消した人
最終電車の窓から
ずっと眺めている人

ほほえみ

わたしには
孤独だけが
ほほえむ
今のわたしには
孤独だけが
支え
いつか
あなたの
孤独を

わたしは
知る
だから
あなたと
きっと
出会う

夜になると
わたしたちは
はるかかなた
まなざしを探す
星の光に

蛙の声に

蛙の声が
軽やかに

本日の終わりを
あなたは
どんなふうに
知りますか

「一日」

長崎県新上五島町

その姿をたとえるのなら
はかりしれないほどの命
とらえられないほどの
生きるという意味

夜空に
足跡が
ずっと続いていて
その行方に
目をこらしてみても

いつまでも
誰のものなのか
分からない
ああ
この足の持ち主は
宇宙だ　宇宙そのものだ

オーストラリア・パーヌルル

手のひらで

明るい陽射しに
わたしと
あなたの
一日の目覚めに
祈りたいことがある
かけがえのない
やさしさを
手のひらで
つつむようにして

育てていくことが
出来ますように
光に
風に
鳥に
山影に
雲に
線路に
子どもたちの
ランドセルに
故郷に

オーストラリア・ケアンズ付近

この星に

ある人は言う
星は悲しみを知っている
ある人はつぶやく
星はさびしさを隠している
ある人は断言する
星は涙の味がする

ある人はささやく
星は祈りを包み込んでいる

ある人は歌う
星は希望の調べをもたらす

ある人は大声で笑う
星はいつも静かに光り輝いている

ある人はおし黙る
星が今日は一つも見えない

ある人は急いで旅立つ
高いところへ登る

さよなら

ある人は産声をあげる
さっきまで　星だった

おはよう

　どの星にも　夜明けがあって
どの星にも　新聞が届いて

どの星にも　白い鳥が渡って

どの星にも　冬があって
どの星にも　坂道があって
どの星にも　丘があって

どの星にも　僕がいて
どの星にも　きみがいて
どの星にも　小さな犬の影

もう少し

闇に消えてしまいそうな夜である
さびしさを隠そうとするほどに
深くなっていく黒い空である

探すようにして
眼を迷わせてみると
やがて抜け道を照らす星明かりが差し込む

たったいま

はかり知れない静寂から抜け出すには
光に導かれていくより他にない

いや　もう少し
この丘のうえに立っていよう
この静けさを生き抜いていこう

この世界に
生まれてきた意味を知るために

始まりも終わりもない
ただ星空がある

この丘陵から見あげて
わたしの命だけが有限
明かりの渦を眺めていると

ああ

たったいま

誰かが

この世を去った後を
見あげているのかもしれない

写真家

ほんとうに星と語り合いたいなら
わたしの名をかすかに呼ぶといい
いまこうして写真を撮っているから

苦しむままに抜け出すことの出来ない暗闇で
じっと押し黙っているあなたに
少しでも空の光を届けたいと思って

わたしはついに沈黙してしまう

アメリカ・ユタ州

そしてシャッターを切るしかない
あなたの小さな声が聞こえた気がしたから

空に向かって何でもいい
希望や願いや優しさを
つぶやいて欲しい

星の夜を届けるために
森閑とした森に一人で
カメラを構えている

こんなにも広くて大きい

夜更けに
たった一人で生きてみる
この夜道を越えていけば
わたしの心はもっと明かりを
集めることができる

広島県広島市

涙を

あなたが
静かに
涙を
流していること
わたしは
知っている
つもりです

だから

どうか
強がらないで
ほしい

あなたの
孤独を
知って
わたしも

流します

あなたと

その悲しみを
育てつづけて
いきたい

一つ　二つ

忘れてしまいたいことがある
思い出したくない
区切りをつける気持ちで
星を数えてみる　一つ　二つ
それでも　その一個一個は

光を放って　こちらを見つめている
空から優しい風が吹く
髪を撫でてくれるのかもしれない
あなたもまた
一つの星なのだ
と

ふと　消えていくともし火を

ふと　消えていくともし火を
心のなかに大事に
しまっていたいのなら

一日の始まりには微笑みを
そして終わりにはまばたきを
空のかなたを行く鳥に命を
気持ちのなかを

風がかき乱さないように
出来るかぎり　静かに

さびしさが

きみを苦しめるだろう
それでもその光を
じっと　見守りつづけて

青い空に

あなたは　今日　誰と
どんな　言葉を　交わし合いますか

わたしは　あなたを　想っています
空は　空であることを　知っているから

あなたは　昨日　誰と
どんな　悲しみを　語り合いましたか

わたしは　あなたを　祈っています
雲は　雲であることを　やめないから

あなたは　夕暮れに　一人
どんな　涙を　流すのですか

わたしは　あなたに　手紙を書きます
木が　木として　立ち続けているから

あなたは　明日　朝に
どんな　鳥のさえずりを　聞くのでしょう

わたしは　あなたに　微笑みます
あなたは　誰よりも　あなたなのです

和合亮一
わごう りょういち

1968年、福島県福島市生まれ。福島市在住。詩人。高校の国語教師。99年、第一詩集『AFTER』で中原中也賞受賞。2006年、『地球頭脳詩篇』で晩翠賞受賞。東日本大震災での被災直後からTwitterで綴った『詩の礫』が17年、フランスにてニュンク・レビュー・ポエトリー賞（翻訳詩集部門）受賞。フランスからの詩集賞は日本人初。19年、『QQQ』で第27回萩原朔太郎賞受賞。現代詩の旗手として詩作のほかにラジオやイベントなど多彩な分野で活躍。著書多数。

佐々木隆
ささき たかし

1951年、宮城県仙台市生まれ。大阪府八尾市在住。銀河浴写真家。高校の地学教師（非常勤）。67年、新流星群「ぎょしゃ座β流星群」を発見。2006年頃から銀河浴写真を思いつき撮影開始。全国で写真展や講演活動を行なっている。また、高校ではソフトテニス部監督を務め、強豪校に育て上げている。12年、『野首教会と天の川』で朝日新聞審査員特別賞、13年、『流氷と天の川』で総合写真展東京都知事賞受賞。写真集に『GALAXY銀河浴』『銀河浴の世界』。共著に『たのしくわかる地学100時間』。

目次／作品リスト

写真と解説=佐々木隆

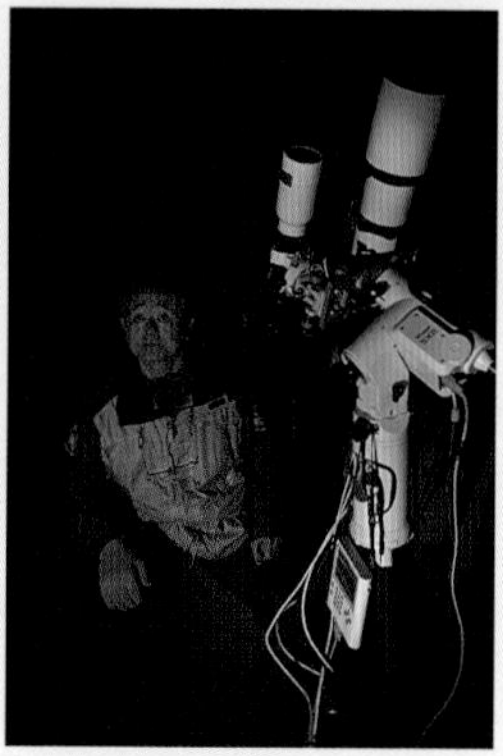

「合掌造りの里」（富山県・五箇山）
2014. 3
雪深い山奥、屋根上に久し振りの星空。

「森吉山の物語」（秋田県・森吉山）
2016. 2
満天の星に包まれながら語り合う氷の生き物たち。

「津波にのまれた大槌町役場」（岩手県大槌町）
2012. 8
公の人として失われた多くの命。真相は未だ。

「小沢の初恋桜」（福島県田村市）
2016. 4
人々は桜に祈りを捧げ、春を待ちわびる。

「高原の棚田」（兵庫県養父市）
2009. 5
高原の遅い田植え、カジカガエルの大合唱。

「沖縄戦激戦、大度浜」（沖縄県糸満市）
2010. 7
たくさんの命が失われた浜。
新しい命が生まれる。

P.24 夜も川が流れている

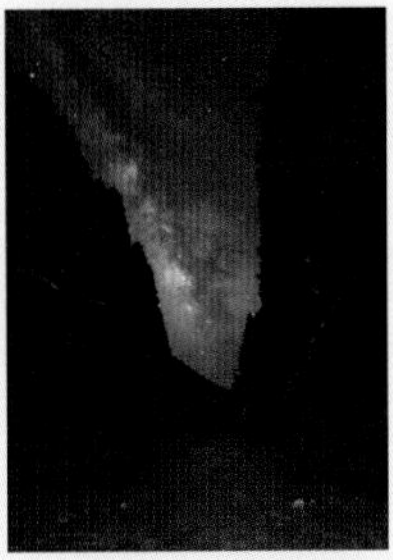

「深夜にも舞うゲンジボタル」（奈良県天川村）
2013. 7
夜半過ぎ、谷川に現れた天の川。
二匹の蛍が飛び始めた。

P.28 ひとときに

「宇宙指す平和祈念像」（長崎県長崎市）
2016. 12
争うなかれ、
天の声に耳を傾けよと諭すように建つ。

P.32 火影

「ストロンボリ噴火」（熊本県・阿蘇山）
2015. 4
地響きをあげて火を噴く阿蘇の山。

P.36 浮かぶ雲に

「熊野磨崖仏」（大分県豊後高田市）
2015. 1
優しい顔の不動明王。
刻んだ人の心が表れている。

P.40 予感

「優しい大銀杏」（島根県奥出雲町・金言寺）
2013. 11
寺とともに400年。支え支えられた日々。

P.45 雪渡り

「ちいさきものたちの足跡」（北海道中標津町）
2013. 12
オリオンの輝きが優しい森に生き物たちの営み。

P.51 夏の朝に

「秋吉台の小道」（山口県・秋吉台）　2014. 5
遥か昔の古生代、赤道の海からやってきたサンゴ礁。
今は石灰岩の台地となり人の歩く道となる。

P.56 白い鳥

「寝静まるかやぶきの里」（京都府美山町）
2014. 2
雪止みて冴え渡る空に、北斗の星。

P.61 対話

「梅とオリオン」（和歌山県南部町）
2017.2
夜の梅花は闇に浮かぶ地上の星粒。

P.66 星の明かりに

「奇跡の一本松」（岩手県陸前高田市）
2012.8
仲間の元へ。銀河に見守られて。

P.72 まだ

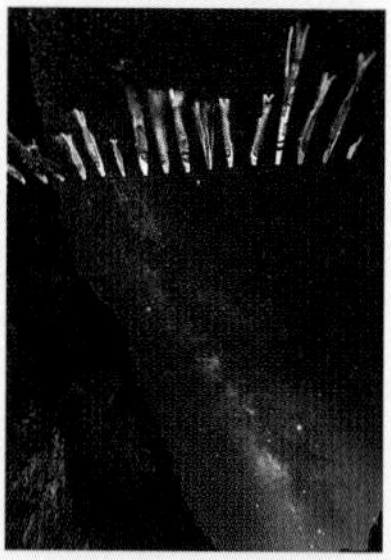

「天の川を泳ぐ鯉のぼり」（徳島県・大歩危峡）
2017.6
成長願う鯉のぼり。
親の思いを乗せて宇宙を泳ぐ。

P.77 散歩

「絶景勝連城」（沖縄県うるま市）
2012.7
昼は太平洋　夜は天の川、
天下取りの夢の跡。

P.81 友だち

「夕食後みんなで散歩天の川」（兵庫県・ハチ北高原）
2016.8
夏合宿。思いはそれぞれ違っても一緒は楽しい。

P.88 小さな星に

「宇宙をゆく軍艦島」（長崎県長崎市）
2012.9
たくさんの暮らしがあった。
思い出を乗せた島は銀河を旅する。

P.91 風

「コスモスと九重連山」（大分県竹田市）
2009.10
コスモスが星空に揺れる。花言葉は「宇宙」。

P.97 旅立ち

「宇宙につながる道」（福島県西郷村）
2014.10
この道の先には希望が広がる
銀河ドライブウェイ。

P.101

配達

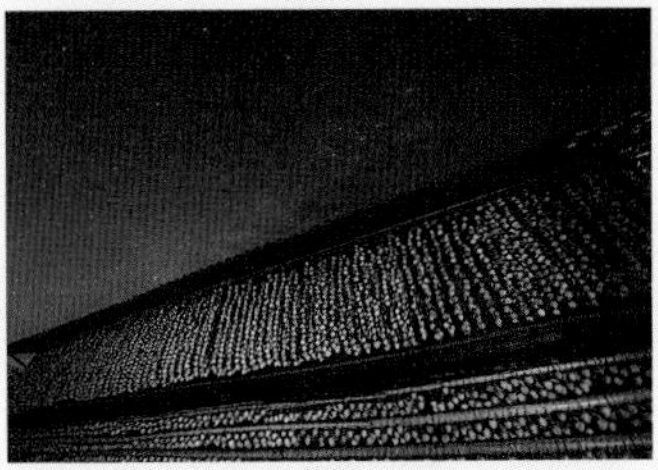

「星冴えるつるし柿」（山梨県甲州市）
2013. 11

冬近し。家族で夜なべをし、柿をむく。

P.106

つぼみ

「蕾の桜を見守る岩手山」（岩手県雫石町）
2013. 5

冬を耐えて立つ桜を見守る岩手山。

P.112

あなたは

「終点南十字駅」（オーストラリア・リードリバー付近）
2013. 8

白鳥座の北十字駅からの銀河鉄道。

P.116

こもれび

「アンドロメダと七色大楓」（長野県・大峰高原）
2012. 10

七色に変化する楓、アンドロメダが輝く。

P.121

ささやき

「舎心嶽山上で修行する空海像」（徳島県阿南市）
2011. 9

空海19歳、真理を求め山頂に百日間座し、
一日一万遍の真言を唱える。

P.127

ともに

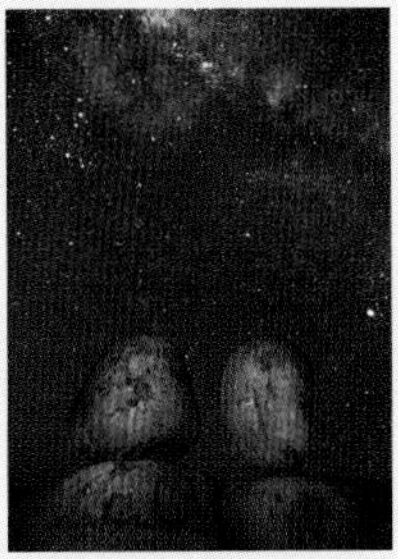

「双子のこけし岩」（オーストラリア・マーブルストーン群）
2013. 8

すべて自然が作り上げた。奇跡の光景。

P.131

ノック

「頭ヶ島天主堂」（長崎県新上五島町）
2016. 11

カトリックに復帰した潜伏キリシタンの聖堂。

P.137

ハミング

「オーロラの夜」（カナダ・カークロス付近）
2019. 3

大河が凍る極北の地、空にはオーロラの大演舞。

P.143 ランドセル

「街に漁船が」（宮城県気仙沼市）
2012. 8
あの津波は、大型漁船を
簡単に陸地に押し上げた。

P.151 新しい世界

「逆さ富士に眠るコハクチョウ」（山梨県・山中湖）
2013. 12
風が止み冷え込む未明。鏡の湖面に星々。

P.156 孤独

「雲厳禅寺五百羅漢」（熊本県熊本市）
2017. 1
宮本武蔵が「五輪書」を書いた寺に作られた羅漢様。

P.161 飛行機雲

「恐竜ラプトルの足跡」（アメリカ・ナバホランド）
2017. 8
恐竜たちも1億年前、
天の川を見ていたのだろう。

P.165 まなざし

「芭蕉と最上川」（山形県大江町）
2015. 5
五月雨を集めて流る最上川上流。

P.169 夜更けに

「星食べる岩」

（オーストラリア・マーブルストーン群）

2013. 8
玉葱のように剥がれ丸くなる花崗岩の風化。

真っ二つに割れることもある。

P.174 ほほえみ

「風雲具志川城址」（沖縄県糸満市）
2011. 7
沖縄本島南端にある。
九百年も台風と戦い沖縄戦も経た。

P.177 蛙の声に

「室町時代の古墓群」（長崎県新上五島町）　2016. 11
その昔大陸との交易で栄えた島。
石塔たちがそれを伝えている。

P.182

手のひらで

「**最後の秘境バングルバングル**」（オーストラリア・パーヌルル）
2018. 8

砂岩の地層が浸食を受けドーム型の奇岩が連なる。

P.186

この星に

「**天の川中心付近**」（オーストラリア・ケアンズ付近）
2013. 8

我々のふるさと、天の川銀河。その中心からエネルギーを感じる。

P.192

もう少し

「**ゆるしと祈りの四郎像**」（長崎県南島原市）
2014. 9

原城跡に立つ天草四郎。その思いは宇宙に。

P.197

写真家

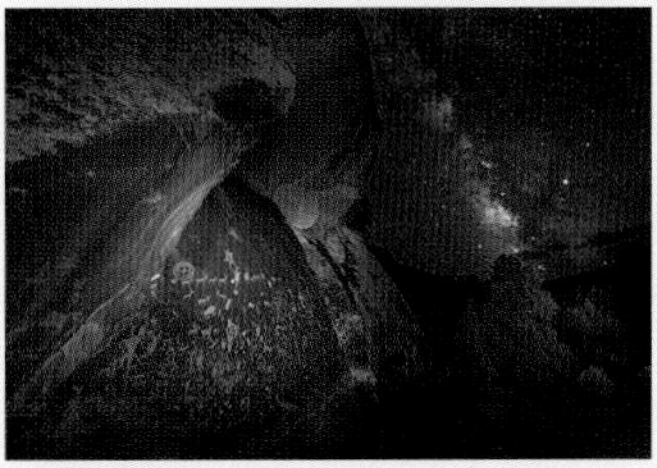

「**最古の新聞**」（アメリカ・ユタ州）　2015. 8

2000年前のアメリカ先住民の岩絵。
絵文字群は何を伝えているのか。

P.202

涙を

「**白鳥座が見守る原爆ドーム**」（広島県広島市）
2014. 8

核兵器がなくならない地球。白鳥の星はそれを嘆いている。

P.207

一つ　二つ

「**昇天石は今も**」（長崎県平戸市）
2016. 11

隠れキリシタンが受難した現場。
悲しみは消えない。

P.210

ふと　消えていく
ともし火を

「**鎮魂の防災庁舎**」（宮城県南三陸町）
2012. 8

住民に避難を呼びかけ
最後まで持ち場を離れなかった人々がいた。

P.213

青い空に

「**今は亡き哲学の木**」（北海道美瑛町）
2012. 7

丘の上に独り立つ。何を考えていたのだろう。

十万光年の詩《うた》

2020年3月11日　初版第1刷発行

詩　和合亮一

写真　佐々木隆

発行者　水野博文

発行所　株式会社佼成出版社

〒166-8535 東京都杉並区和田2-7-1

電話 03-5385-2317(編集) 03-5385-2323(販売)

URL https://www.kosei-shuppan.co.jp/

Kosei shuppan

印刷所　共同日本写真印刷株式会社

製本所　株式会社若林製本工場

装丁　西岡裕二

ISBN 978-4-333-02824-5 C0092

●弊社刊「やくしん」2017年1月号〜2018年12月号に連載されたものを中心に、
新作を加え新たにまとめたものです。